U0054469

於是，游泳

Donc,
nager comme un poisson

全球第一本游泳詩集
（中法雙語版）

La première collection de poèmes de la natation du monde
(Chinois et français bilingues)

陳秋玲　著

(Vivi Chen)

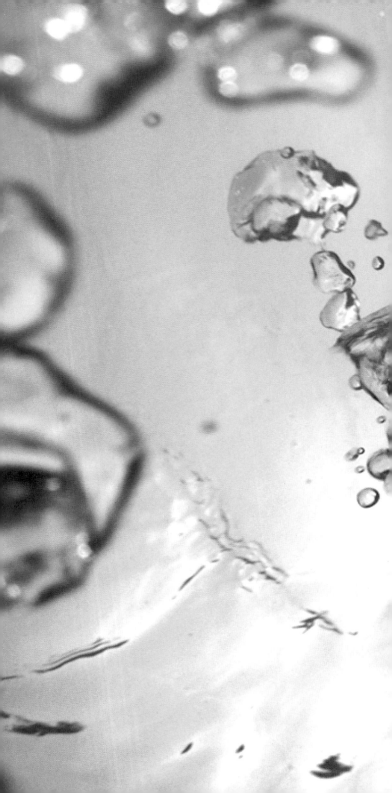

感謝

魚式游泳的啟蒙老師

項國寧博士（Dr. George Kn Shuang）

以及

魚式游泳（Total Immersion）創辦人

Terry Laughlin、

新加坡教練Tang Siew Kwan

Merci à

Dr. George Kn Shuang,

professeur de "la natation de méthode de poisson"

et

Terry Laughlin, fondateur de "Total Immersion",

Tang Siew Kwan, entraîneur de Singapour

Annuaire

目　錄

**DONC,
NAGER COMME UN POISSON**

Annuaire

**DONC,
NAGER COMME UN POISSON**

Annuaire

DONC,
NAGER COMME UN POISSON

魚式

游泳不難
游泳也難

原來以為只是四肢機械的律動
划水四拍
單邊換氣
游泳不就是游泳

要掙扎
水花四濺
還是要優雅
平靜無波

我冷靜選擇了
優雅
輕鬆划水
前進

距離不是問題
體力不是問題
愛游多久就多久
永遠不會累

像魚
在水裡逛
悠遊自在

Méthode de poisson

la natation est pas difficile
la natation est difficile

au départ, je pensais qu'il était juste le rythme des
  limbes mécaniques
les quatre battements d'eau
ventilation unilatérale
natation est natation

lutter
éclaboussure
ou gracieux
ondes calms

je choisis calmement
gracieux
nager facilement
aller de l'avant

la distance est pas un problème
la force physique ne pose aucun problème
tant que j'aime nager
jamais fatigué

comme un poisson
promenez-vous dans l'eau
tranquille

呼吸

吸氣
吐氣
吸氣

吐氣
吐到底
從容再吸一口氣

吐氣的氣泡
在水中
一顆一顆像透明的圓球
滾入水中
又沒於水中
交融

呼吸暢順
沒有僥倖
只有耐心
呼幫助吸
吸幫助呼

氣的記憶

Respiration

inspiratoire
expirer l'air
inspiratoire

expirer l'air
spit à la fin
puis souffler calmement

bulles exhalés
dans l'eau
un par un, comme des boules transparentes
roulé dans l'eau
et a coulé dans l'eau
ils se mélangent

respiration lisse
pas de hasard
seule la patience
expiratoire aide inhale
inhale aide expiratoire

mémoire respiratoirs

頭

頭的位置擺放
最重要
頭是方向盤
穩住
定住

頭定住時
雙眼直視正下方
視線與水平的身體
成垂直90度

頭只有呼吸的時候
會左右兩邊擺動
像一顆圓球滾在水裡
左邊呼吸
頭慢慢朝左90度
右邊呼吸
頭慢慢朝右90度

頭不能隨便擺動
她決定身體駛往前方

頭若抬太高
後半身會下傾

游泳時
大部分人只注意手
或腳

很少注意頭
頭是平衡的關鍵之一

Tête

position de la tête
le plus important
la tête est le volant
équilibre
stable

tête fixe
les yeux regardant directement en-dessous
ligne de vue avec le niveau de corps
90 degrés à la verticale

seulement lorsque la respiration
tête se balance à gauche et à droite
comme un boule roulement dans l'eau
respiration gauche
tête se tourne lentement vers la gauche de 90 degrés
respiration droite
tête se tourne lentement vers la droite de 90 degrés

tête ne peut pas se déplacer arbitrairement
elle a decide de naviguer en face du corps

tête trop haut
le bas du corps sera incliné vers le bas

en nageant
la plupart des gens
ne font attention qu'aux mains
ou aux pieds

accordent peu d'attention à la tête
tête est l'un de clé de balance

手

有一隻耐心的手
平衡著身體

在頭頂前端
微微向下約45度
往後划水
經過下腹
經過右臀側邊
右手往上拉
劃過天空
手肘呈三角90度
再劃過水平面
在右耳右前方一點鐘方向
45度下射穿入水面
手像一支箭
筆直往前
滑行
左右手往復
輪流滑行
享受水的擁抱

Main

il y a la main d'un patient
qui équilibre le corps

à l'extrémité avant de la tête
légère baisse à environ 45 degrés
nage vers l'arrière
par le bas de l'abdomen
par le côté droit de la hanche
la main droite tire vers le haut
à travers le ciel
coude a devenu triangulaire 90 degrés
puis, à travers le plan horizontal,
juste en face de l'oreille droite
la position d'une heure
45 degrés attirent la pénétration de l'eau
main comme une flèche
droit devant
vol plané
bras droit et gauche aller et retour
à tour de rôle coulissant
profitez de l'eau étreindre

腳

我常常忘記腳的存在
當身體像魚一樣
悠遊地游著
逛著
頭似方向盤
手像槳
腰像船身
腳像船尾跟著前進
自由擺動
隱約打水

最近
特別對腳有感受
當右手穿入水往前滑行
滑行的力量
帶動了左腳二拍打水

當左手穿入水往前滑行
滑行的力量
帶動了右腳二拍打水

我並沒有特別注重腳
因為游著游著
輕鬆到睡著了
就忘了腳了

Pied

j'oublie souvent l'existence de pieds

lorsque le corps est comme un poisson

nager gracieux

se déplacer

tête comme volant

des mains comme pagaies

taille comme coque

pied comme la poupe suivie par l'avant

nager librement

vaguement coup

récemment

j'ai surtout des sentiments sur les pieds

lorsque l'eau pénètre dans ma main droite

coulissant vers l'avant droit

conduit à le pied gauche batter l'eau deux coups

lorsque l'eau pénètre dans ma main gauche

coulissant vers l'avant droit

conduit à le pied droit batter l'eau deux coups

je n'ai pas attention particulier sur les pieds

parce que je nage et nage

facile à s'endormir

j'ai oublié les pieds

划水

划，有向後的力量
滑，有向前的力量

游泳其實有划水及滑水
過去游泳注意往後推手
也就是划水 像划船
以為那才是前進的力量

其實不全然是

魚式游泳
有往前滑行的力量
靠腰部的轉動
帶出往前滑行的力量
其實更省力

原來
往前滑行的阻力
比往後划水的阻力小
游起來更輕鬆自在

Le nage

canotage, force vers l'arrière
glisser, avec la puissance de l'avant

en fait, natation inclus deux forces
vers l'arrière et l'avant
autrefois, notais que poussé main arrière
voilà aviron comme canotage
ai pensée que c'est le pouvoir de l'avant

en effet, il est pas vrai tout à fait

méthode de natation de poisson
il y a la puissance à glisser vers l'avant
en faisant tourner la taille
apporter la puissance à glisser vers l'avant
en fait, efforts d'économie

donc c'est
la résistance à glisser vers l'avant
plus petite que la résistance à glisser vers derrière
nager plus facilement

吐氣的氣泡　在水中
一顆一顆像透明的圓球
滾入水中　又沒於水中　交融

bulles exhalés dans l'eau
un par un, comme des
boules transparentes
roulé dans l'eau et a coulé dans l'eau
ils se mélangent

潛

Total Immersion
完全沉浸
是將身體大部分置於水中
沒有空氣的阻力
在水中潛行
更能感受自己是條魚

想像自己就是一條魚
在水中悠遊的游著

潛在水裡
看水
看細微漂流物
看旁邊的魚
看珊瑚
看巨大的鯨
看微小的蝦
看光影波波

Latente

Total Immersion
totalement immergé
la majeure partie du corps est placé dans l'eau
aucune résistance de l'air
sneak dans l'eau
il se sent mieux poisson

imaginait-toi un poisson
nageait dans l'eau

glissait dans l'eau
voyait l'eau
regardait légère dérive
regardait à côté des autres poissons
regardait corail
regardait les énormes baleines
regardait les crevettes minuscules
regardait les vagues de lumière et d'ombre

自由式

最早的自由式
是在YMCA學會的

四拍換氣
只有往後推水的概念
右手推完
換左手推
來回往復

沒有對自由式
有太多深刻的想法
Free style
真的自由嗎
其實是機械的動作變換

當你真正愛上水時
自由式也變得有意義了
三拍換氣
123 右邊換氣
456 左邊換氣
這樣
兩邊都可以換氣
對於身體兩側使用的力氣
可以平衡

Freestyle

le premier freestyle
j'ai appris à nager au YMCA

ventilation à quatre temps
seulement le concept à pousser l'eau vers l'arrière
après la poussée de droite
puis la poussée de gauche
allais et revenais

pour freestyle
je n'ai pas trop de pensées profondes
free style
était-il vraiment confortable
en fait, de changer l'action mécanique

quand tu tombait vraiment amoureux de l'eau
freestyle devenait significative
ventilation à trois temps
123 ventilation sur la droite
456 ventilation sur la gauche
comme ça
les deux directions de ventilation
pour l'effort sur les deux côtés du corps utilisé
balancaient

仰式

我最喜歡仰式
因為可以躺在水床上
輕鬆的呼吸
緩慢的划水

我認為
划　是與前進的方向相反的力量

仰式
頭向前
右手劃過天空
手掌心朝外
小拇指落水
往大腿方向划水

接著換左手

左手劃過天空
手掌心朝外
小拇指落水
往大腿方向划水
來回往復

也可以雙手同時划水
身體像一艘船
穩穩的駛向前方
也可隨時停泊

Dos crawlé

J'adore dos crawlé
parce que je peut rester sur l'eau
facile à respirer
glisser dans l'eau lentement

je pense que
tire l'eau
ce sont des forces opposées
avec la voie à suivre

dos crawlé
tête vers l'avant
main droite à travers le ciel
palm vers l'extérieur
petit doigt tombait dans l'eau
glissait vers la direction à la cuisse

puis la main gauche

main gauche à travers le ciel
palm vers l'extérieur
petit doigt tombait dans l'eau
glissait vers la direction à la cuisse
allait et revenait

vous pouvez également glisser
avec les deux mains en même temps
corps comme un navire
confortablement vers l'avant
il peut également être stationné à tout moment

蛙式

我最不擅長蛙式
因為速度最慢

可我喜歡蛙式的平衡
像巴哈的音樂
平穩
從容
有安全感

抬頭露出水面
深吸一口氣
再沒入水中
雙手同時左右畫圈
併手往前延伸
雙腿像蛙腿彎曲再同時踢水
四肢的律動
配合呼吸
可來回多次
腿部肌肉會結實健美

雙手大大地劃水
對於肺部胸腔的開展
有舒暢效益

Brasse

je ne suis pas bon à brasse
parce que la vitesse est plus lente

j'aime l'équilibre de la brasse
comme la musique de Bach
lisse
tranquille
un sentiment de sécurité

hausse de l'eau
prenais une grande respiration
et glissais dans l'eau
les deux mains autour du cercle
et la main tendue vers l'avant
jambes comme une jambe à brasse
pliée de grenouille dans le même temps,
puis coup limbs rythme
avec la respiration
retour en arrière à plusieurs reprises
les muscles des jambs seront forts et en forme

mains glissent fortement
pour ouvrir les poumons et la poitrine
il y a des avantages confortables

蝶式

魚式游泳
對我最大的幫助
是學會蝶式

從原來完全不會蝶式
到現在
蝶式應該是我認為
最有成就感的

我是看DVD學會的
我專注手的節拍與動作
訓練腰部的上下折疊
大概訓練半個月
分別練習手及腰

有一天有野心的
想要把手與腰的動作連結
一開始不順暢
多練幾次
竟然開竅了
於是游上手了
從50公尺
到600公尺來回
不用停歇在岸邊休息

因為我已經學會
在水中休息
而且輕鬆的呼吸

Papillon

méthode de natation de poisson
pour moi, la plus grande aide
il est d'apprendre le papillon

de l'original ne sera pas papillon
maintenant
je pense que un papillon pour moi est
la plupart enrichissante

j'ai appris à regarder le DVD
je me concentre sur le rythme et mouvements de
   la main
entraînement de la taille pliage en haut et en bas
environ deux semaines
exercices de la main et la taille

un jour, je suis ambitieux
à lier les mouvements de la main et la taille
le début n'est pas lisse
plus pratique quelques fois
même accrocher
ainsi, le papillon a commencé
de 50 mètres
à 600 mètres aller et retour
ne me arrêtais pas sur le rivage pour me reposer

parce que je l'ai appris
reposer dans l'eau
et respirer confortablement

水波

游泳最大的樂趣
除了藉由四肢肌肉的運動
更重要的是
讓體內的器官也運動
藉由水與身體的互觸
按摩臟腑

我喜歡陽光好
晴空萬里時
到政大去游泳
因為可以看山又看水
心情特別舒暢

我總在中午12點左右下水
彼時，陽光充足
灑下大量的光
來自窗外
在水中折射
產生一波又一波美麗的光波
水波蕩漾
從泳池的一隅
看向整個池面
彷若置身在山湖之中
勝境

Vague (I)

plus grand plaisir de natation

sauf les movements de les muscles des membres

plus important encore,

laisse les organes du corps aussi sportifs

par contact mutuel entre le corps et l'eau

qui massagait les organes

j'aime le soleil bonne

quand le ciel est bleu

aller nager à Chengchi Université

parce que je peux voir les montagnes et les eaux

je me sens particulièrement à l'aise

je suis toujours en vers midi

ce temps, ensoleillé

beaucoup de lumière

de la fenêtre

refraction dans l'eau

belles lumière et des vagues

balançoire, eau, vague

du coin de la piscine

examiner toute la surface de la piscine

comme étant dans entre vallée et le lac

beau paysage

潛在水裡　看水　看細微漂流物　看旁邊的魚
看珊瑚　看巨大的鯨
看微小的蝦　看光影波波

glissait dans l'eau　voyait l'eau
regardait légère dérive
regardait à côté des autres poissons
regardait corail　regardait les énormes baleines
regardait les crevettes minuscules
regardait les vagues de lumière et d'ombre

光影

我愛太陽
我愛光
光帶來希望
帶來溫暖

愛上游泳後
腦海裏
全是光影波波
當游泳技術到達一個境界
不用在意肢體的方向節奏時
只有享受水
與水做愛

光是甜言
影是蜜語

Lumière et ombre

j'aime le soleil

j'adore la lumière

lumière apporte de l'espoir

apporte la chaleur

après être tombé en amour natation

mon esprit

plein de onde lumineuse

lorsque la compétence de natation a changé

  pour le mieux

ne me préoccupe pas la direction et le rythme de

  les membres

seulement profiter de l'eau

sexe à l'eau

les lumière sont des mots doux

les ombres sont des mots doux

藍天

政大游泳池
是我最愛的
池是一片海藍色
水很乾淨
窗明几淨

透明的窗
我可以邊游邊欣賞窗外風光
一片蓊鬱的青山
大片金燦的陽光
還有
還有
就是藍藍的天

那種藍
藍的純粹
藍的沒有雜質
藍的比希臘還希臘

此生，足矣

Ciel bleu

la piscine de Chengchi Université
qui est mon préféré
est bleu comme une mer
très propre eau
et fenêtres lumineuses

fenêtre transparente
je peux nager et prendre plaisir le paysage
extérieur de la fenêtre
une montagne verte foncé
un grand morceau de la lumière du soleil
aussi
et aussi
un grand ciel bleu

le bleu
bleu pur
impuretés bleu
bleu plus Grèce que la Grèce

cette vie est assez

白雲

游泳時
窗外幾片白雲飛過
幾朵淘氣的雲群相擁繾綣
不忍離開

她們的搖籃
是藍天
好幸福

有一次
在圓山飯店俱樂部游泳
為了貪看天上的白雲
只想游仰式
游著游著
以為自己筆直的游著
起身時
竟從偌大游泳池的東南
游到了西北
游了對角線
太開心了

Nuages blancs

quand je nage
quelques nuages blancs par la fenêtre volent
nuages embrassent les uns les autres
ils ne veulent pas partir

leur berceau
était ciel bleu
tellement heureux

une fois
je nageais à la piscine du Grand Hôtel Club
pour regarder avide les nuages
je veux nager dos crawlé seulement
nager et nager
je pensais que je nageait droit
lève-moi , puis regarde
en fait, immense piscine
je nageais du sud-est
au nord-ouest
direction de diagonale
très heureux

青山

有一次到新加坡受訓
游開放水域
其實我不擅長
懼海
照理說
魚式游泳的最終境界
應該是像魚一樣游向大海
徜徉在大海的懷抱
無邊無際

但我對海
仍沒有安全感

看到遠山
只能眺望
遠遠的欣賞

政大游時
我喜歡窗外的山景
有一種穩定像泰山
特別是游自由式時
可以側邊呼吸
我任性的只側邊躺在水上
左側躺
左手臂伸直當左臉的枕頭
右手置放在右側大腿上
雙腿像美人魚的尾巴
輕輕擺動
就能徐徐往前像一葉扁舟

Montagne verte

une fois j'ai été formé à Singapour
ouverture de l'eau
en fait, je ne préfère pas
la peur de la mer
raisonnable de dire
le but de méthode de natation de poissons
il devrait être comme un poisson nage à la mer
promenez-vous dans les bras de la mer
illimité

mais j'ai fait face à la mer
toujours incertain

loin de la montagne
voir seulement
beaucoup d'appréciation

lorsque je nageais à Chengchi Université
j'aime la vue sur les montagnes par la fenêtre
il y a une écurie comme grand montagne
surtout quand je nageais freestyle
incliner le corps et respirer un côté
je suis couché de côté dans le lit de l'eau
  déchaîné
côté gauche couché
gauche bras droit lorsqu'il est laissé oreiller visage
main droite placée sur la cuisse droite
jambes comme la queue d'une sirène
faites pivoter doucement
je glissais lentement vers l'avant comme l'esquif

綠水

與其説是綠水
不如説是清水
清色潔靜的透明池水
躺坐在藍色的池子裡

泳池的底與壁
是用水藍色的磁磚拼併的
一塊接著一塊
整齊拼併
長長的划水線50公尺
是深藍色的
將水道分成左右
一來一往

我喜歡政大的泳池
她讓我想起
有一回在法國南部尼斯旅行時
尼斯市中心一處運動中心的泳池
也是透明的玻璃
可以看到窗外景色
水，也是藍藍的綠水

L'eau verte

donc, beaucoup d'eau verte

comme il est de l'eau transparente

l'eau transparente de la piscine

assis couché à la piscine bleue

fond et mur de la piscine

mosaïque bleue

puis un et un

neat et lutte

50 mètres longues lignes

bleu foncé

la voie d'eau est divisé en gauche et à droite

un à un pour

j'aime la piscine de Chengchi Université

elle me rappelle

une fois à Nice, sud de la France

une belle piscine dans le centre sportif

verre aussi transparent

je peut voir le paysage extérieur de la fenêtre

l'eau est entre bleu et vert aussi

救生員

游泳池
多半有三位救生員
政大的泳池
3-5位
每次去都不一定

記得剛學會魚式游泳
很勤快
每天都去游1.5小時
蛙式200公尺
蝶式200公尺
仰式200公尺
自由式200公尺
自由式+仰式200公尺
蛙式+仰式200公尺
每次游滿1200公尺
就算做完日課

每當我游蝶式200公尺前
也就是蛙式的最後50公尺
就會有一位救生員爬上高高的梯子
坐著看我游完蝶式

我的蝶式輕鬆自在
不會累
因為每一回合
都有起承轉合

Sauveteurs

piscine
la plupart trois sauveteurs
à la piscine de Chengchi Université
3-5 sauveteurs
c'est different chaque fois que je vais

je me souviens juste appris à nager avec méthode
  de poisson
très diligent
je nageais 90 minutes par jour
200m brasse
200m papillon
200m dos crawlé
200m freestyle
200m freestyle + dos crawlé
200m brasse + dos crawlé
plus de 1200 mètres chaque fois
même si la leçon quotidienne fait

chaque fois avant que je nageais à 200 mètres
  papillon
c'est à dire, quand il est à 50 mètres brasse finale
il y aura un sauveteur qui grimpait hautes échelles
et s'assit en me regardant qui nageait le papillon

mon papillon facilité
pas fatigué
parce que chaque tour
avait des transformations

水

我愛上水
愛上泳池裡藍色的水
我知道水是透明的
但池底的藍色瓷磚
映襯著水
所以我總看見藍色的水

入水滑行
水掠過肌膚
一陣通透
全身甦醒
天氣好的時候
陽光充足
同時作日光浴
水珠在皮膚上
透出晶亮
皮膚好像上了一層薄薄的油膏
特別滑潤

與水之戀
惟水知

Eau

j'adore l'eau

j'aime l'eau bleue de la piscine

je sais que l'eau est transparente

mais mosaïque bleue au fond de la piscine

silhouettait contre l'eau

je voyais toujours l'eau bleue

en glidant dans l'eau

l'eau passait la peau

bien que transparent

réveillez-vous le corps

lorsque le temps est bon

ensoleillé

alors que les bains de soleil

des gouttes d'eau dans la peau

révélaient la lumière

comme une mince couche de pommade sur la
peau

lubrifiants spéciaux

l'amour avec l'eau

mais l'eau sait

影

當陽光從窗外
大片灑入池水
穿過我的身體
我的身影在池底落現

長長的
有凹有凸
水波蕩漾
身體更長
更扭曲
透過光的折射
更像一幅立體抽象畫

邊游邊欣賞
水底世界
彷若畫廊
一條魚　又一條魚　游過
來回　洄游

我想起那年在巴黎的泳池
水影與天井
四壁像教堂的七彩繽紛
動中有靜
影如鏡

Ombre

lorsque la grande lumière du soleil de la fenêtre

coulait dans l'eau

passait mon corps

mon ombre tombait dans le fond de la piscine

longue

convexe concave

balançoire, eau, vague

le corps est plus long

plus déformée

grâce à la lumière réfractée

plus comme une peinture abstraite

  tridimensionnelle

nager et regarder

monde sous marin

comme les galeries

un autre poissons nagent à travers un poisson

aller et retour, d'avant en arrière

je pense que j'étais dans la piscine à Paris

lumière avec ombre et plafond

les murs comme l'église colorée

silence en mouvement

ombre comme un miroir

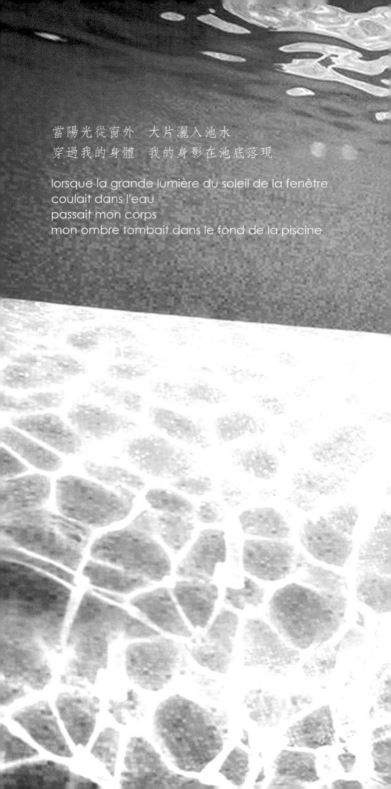

當陽光從窗外　大片灑入池水
穿過我的身體　我的身影在池底落現

lorsque la grande lumière du soleil de la fenêtre
coulait dans l'eau
passait mon corps
mon ombre tombait dans le fond de la piscine

波

原來愛水
也因為波

水不撫弄
無波

有波
不一定有風

有人游過
像一條一條不安靜的魚

波成為浪
因為有鯨

那些用力打水
水花四濺的泳者
讓波成浪

當我仰泳時
浪從臉上鋪蓋而來
竟真的吃了一口水

我的船仍然無事
繼續前行
1212
像在水中舞著
自在悠閒

波 Vague

Vague (II)

que l'amour de l'eau
en raison de la vague

ne pas toucher l'eau
aucune vague

il y a des vagues
pas nécessairement vent

certaines personnes nagent à travers
comme un poisson pas silencieux

vague deviant grand vague
parce que les baleines

ceux qui battent l'eau avec force
nageur avec éclaboussure d'eau
laissait que vague deviant grand vague

quand je nageais dos crawlé
vague couvert mon visage
en fait vraiment boire de l'eau

mon bateau était toujours sur
et continuait
1212
comme dansait dans l'eau
était confortable

窗外

政大泳池的窗外
景色旖旎
春天
夏天
秋天
冬天
我都經歷過

有風
有雨
有晴
有陰

最多的是
風和日麗

只要看到藍天
只要看到青山
綠樹輕輕搖動
我知道有風

風也會入窗
當我游完蝶式後
忍不住要調整泳鏡與泳帽
岸邊稍歇
白雲又走過一片
我想起那年在尼斯游泳
窗外是老山城
法國南部的美麗風光

Hors de la fenêtre

hors de la fenêtre à la piscine de Chengchi
  Université
beaux paysages
printemps
été
automne
hiver
j'ai connu

venteux
pluie
journée ensoleillée
temps nuageux

la plupart est
ensoleillé

chaque fois que je vois le ciel bleu
chaque fois que je vois la montagne verte
les arbres sont secoués doucement
je sais qu'il y a du vent

le vent entrait dans la fenêtre
quand j'ai fini de nager papillon
ne peut s'empêcher de vouloir
ajuster des lunettes et bonnet de bain
sur la rive un peu de repos
un nuage blanc passait
je me souviens que l'année je nageais à Nice
vieille ville de montagne devant la fenêtre
la beauté des paysages du sud de la France

天

藍色的天
我最愛
那年獨自前往尼斯
藍色的海
與藍色的天
連著

我獨泳
躺在海上
懼怕著
因為無邊無岸無底
沒入海裡
看不見任何
只能仰著
看天
比較安全

在圓山游泳
也特別能看見藍藍的天
圓山周圍的建築特別
顏色清麗莊嚴
更顯泳池的水藍
也更顯蒼芎的浩瀚

Ciel

ciel bleu
mon favori
cette année-là, je suis allé à Nice seule
mer bleue
avec le ciel bleu
attachait

je nageais seule
couchais sur la mer
la peur de
parce que sans limite sans rivage sans fond
sombrais dans la mer,
je ne vois rien
seulement renversais
regardais le ciel
plus sûr

nageais à la piscine du Grand Hôtel Club
en particulier, je peut aussi voir le ciel bleu
bâtiments du Grand Hôtel sont très spécial
la couleur élégante est très solennelle
moins de bleu que de piscine
l'immensité du ciel

雲

政大泳時
我最愛選最靠窗的水道
因為近山
窗外景緻總能吸引我多看幾眼
當游泳已經習慣自然後
剩下的就是享受了

水像床
躺著看天看雲
雲是淘氣的
像小女生愛挨著一起
像小男生愛扭打上身
一會兒逃
一會兒躲

一會兒近
一會兒遠

或匯聚湧現
像浪　層層的浪
浪裡來
又浪裡去

Nuages

quand je nageais à la piscine de Chengchi
  Université
je préfére choisir la voie d'eau près de la fenêtre
parce que près de la montagne
la paysage à l'extérieur de la fenêtre m'a toujours
  attiré
après avoir nagé naturellement
la prochaine étape est de profiter de la natation

comme lit d'eau
allongais pour regarder les nuages dans le ciel
nugaes étaient méchants
comme les petites filles aimaient rester ensemble
comme les petits garçons aimaient jouer ensembe
alors échappaient
tout en se cachant

alors que près de
loin pendant un certain temps

ou affluent ensemble
comme beaucoup de couches de vagues
revenaient vers les vagues
puis passaient et laissaient les vagues

霧

那日大寒
天氣陰雨
忽 大霧起
氣溫驟降
11度

剛從北京零下一度回來
台北其實不算冷

一早抓起泳裝泳具
搭上公車282往政大
快走飛奔至泳池
一眼望去 池裡沒人
岸上幾位救生員在聊天
水面平靜無波
因為沒有動靜

我一人下水
包場
開心極了
正要大顯身手
天色灰點

那是霧
不是霾

雲 Brouillard

Brouillard

ce jour-là le plus froid
le temps était pluvieux et nuageux
soudain, du brouillard
températures plongeaient
11 degrés

je viens de rentrer de Pékin où moins d'un degré
en fait, pas froid à Taipei

ramassais le maillot de bain tôt le matin
prenais le bus 282 à Chengchi Université
volais à la piscine rapidement
à première vue, personne dans la piscine
plusieurs sauveteurs sur le rivage bavardaient
la surface de l'eau était calme sans vague
parce qu'il n'y avait pas de mouvement

j'étais seule dans l'eau
je possèdais toute la piscine
j'étais très heureux
j'étais sur le point de bien nager
le ciel était gris

c'était du brouillard
ce n'était pas de la brume

光

我太愛有光的日子
親近山水
沒有游泳的時候
就去爬山
最常爬象山

象山不高
樹木蓊鬱
最多松柏
我在樹影中見到光

光像甘露
照拂萬物
有光一定有藍天
抬頭一望
就是藍天

我像長不大的小女生
散著長長的髮
穿著白色的背心過膝長裙
薄透著身軀
等待光的降臨

大地升溫
我躲入水裡
享受水的冰涼與擁抱

Lumière

j'aime bien le jour lumineux
prochais de la nature
quand je n'était pas allé nager
j'étais allé à la randonnée
je grimpais le plus souvent Xiangshan

Xiangshan n' était pas élevé
Les bois étaient verts
la plupart des pins et des cyprès
je voyais la lumière dans l'ombre

lumière comme rosée sucrée
pour briller et soigner tous
il y avait un ciel bleu quand le soleil se levait
levais la tête et regardais
il était le ciel bleu

j'était comme les petites filles grandissent
échevelais longue
portais une jupe gilet blanc
révélais un corps mince
en attendant la venue de la lumière

le réchauffement de la Terre
j'étais réfugié dans l'eau
profitais l'étreinte de l'eau froide

原來愛水　也因為波
水不撫弄　無波

que l'amour de l'eau　　en raison de la vague
ne pas toucher l'eau　　aucune vague

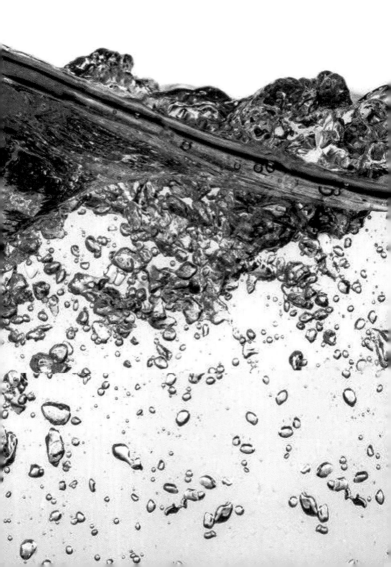

巴黎

這是我心靈的故鄉
由於對法語的執迷與戀
讓我進入巴黎
語言的藝術
內化
黑　成為巴黎的代言

近穆芙塔街（Rue Mouffetard）
有一座泳池
就在有噴泉的公園旁
泳池不大
四個水道
25公尺
人很多
男男女女
還有小孩

泳池像兒童樂園
四周彩色的壁畫
以粉橘色為主
有陽光的氣味

到巴黎的季節
大多是三月書展
所以窗外仍是冷冽
風呼嘯
偶有薄雪
此時
進入泳池
卻是保溫

巴黎 Paris

Paris

ceci est la maison de mon âme
en raison de l'obsession française avec amour
j'étais entré dans Paris
langue artistique
internalisation
noir est devenu l'endossement de Paris

près de la rue Mouffetard
il y a une piscine
juste à côté de la fontaine dans le parc
la piscine n'est pas très grande
quatre voiesa d'eau
25 m
beaucoup de monde
hommes et femmes
et les enfants

piscine comme le paradis des enfants
il y a des peintures murales sur le mur
couleur principale est orange rose
il y a l'odeur du soleil

saison pour Paris
la plupart de temps était en Mars pour salon du
    livre
donc, il faisait encore froid
vent sifflement
neige légère occasionnelle
cette saison
entrais dans la piscine
il pouvait garder au chaud

尼斯

尼斯是貴族度假的天堂
三月天巴黎冷
尼斯的溫度也不高
早晚溫差大
白天太陽出來
海灘上一片裸露的身體
躺著
日光浴

有人看書
有人假寐
男女呢喃
有人擦防曬乳
有人滑手機
主題是度假

我換好了泳裝
潛入海裡（地中海）
又浮出水面
遠眺山灣
有一男子裸泳
我驚著

但雄勃的身軀
像羅丹的雕塑
有力
有美

尼斯 Nice

Nice

Nice est un paradis de vacances noble
il faisait froid à Paris en Mars
température n'était pas élevée à Nice
il y avait beaucoup de différences dans la
   température
le matin et la nuit
pendant la journée, le soleil sortait
des corps nu sur la plage
couchaient
bains de soleil

quelqu'un lisait
certaines ne dormaient pas vraiment
les hommes et les femmes chuchotaient
certaines personnes se frottaient la crème solaire
certaines téléphonaient coulissant
thème était vacance

je portais un maillot de bain
plongais dans la mer (le méditéranéen)
j'ai réapparu
j'étais loin de regarder sur la baie
un homme nageait nu
j'ai été surpris

mais corps majestueux
comme sculpture de Rodin
qui était plein de pouvoir
très beau

北京

第一次在北京游泳
就到水立方

2008奧運
各種水上運動訓練及比賽場館
建築設計
令人驚艷
藍色
如巨大水泡聚集的四方體
有很多想像

超大的場館
進去要先測試
考一張深水游泳證
換好泳裝
下水來回游200公尺
各種泳式皆可
考試官認可後
方可轉入深水區自由泳

我第一次看到這麼深的水池
有點懼怕
一下水
思考到底要游哪一式
索性
自由式、仰式

北京 Pékin

Pékin

nageais à Pékin le premier fois
étais allé au Cube d'eau

jeux olympiques de 2008
le hall de sport où était
le formation et compétitions de sports nautiques
la conception architecturale
étourdissant
bleu
comme énorme quartet d'agrégation de cloques
il y avait beaucoup imaginent

les grandes salles
entrais au premier essai
un certificat de natation en eau profonde de test
après échangais un maillot de bain
et nageais 200m aller et retour
vous pouviez nager librement
approuvé par l'examinateur
puis pouviez être transféré à la baignade libre
en eau profonde

la première fois que
je voyais une telle piscine profonde
un peu peur
entrais dans l'eau
en pensant quelle style pour nager

才游了50公尺
考試官就叫我上岸
意思是
可以了
可以去深水區了

哇
好緊張

我還沒秀我拿手的蝶式呢

北京 Pékin

heureusement
freestyle, dos crawlé
nageais seulement 50 mètres
examinateur m'a appelé à terre
c'était à dire
vous pouivez
aller à la zone d'eau profonde

wow
très nerveux

je n'ai pas encore montré mon meilleur papillon

律動

Swimming like a fish

打從行銷「魚式游泳」開始
第一句話就是
Swimming like a fish
像魚一樣游得輕鬆自在

本來以為是行銷用語
說這話時
手一定舉到胸前
用手掌擺動如魚悠游的樣子
然後眼神再瞟一下
很氣定神閒的姿態
通常聽者
大概已經很神往了

確實
律動是需要被訓練的
規律的動作
做到完美
與自然
一定需要訓練

我很幸運
接觸到好的老師
好的啓發

Rythme

en nageant comme un poisson

depuis le lancement des livre
"la natation de méthode de poisson" marketing
la première phrase est
" nager comme un poisson"
nager gracieux comme un poisson

au départ, je pensais qu'il était un terme de
  marketing, dit ce que
main doit se déplacait à la poitrine
avec la paume balancait comme des poissons
  nageant
ensuite, regardais à nouveau
attitude très tranquille
la plupart des auditeurs
étaient très concentrès et désiraient

vraiment
rhythm qui ont besoin d'être formés
droit d'action
pour être parfait
et nature
nécessairement formation

j'ai eu la chance
l'accès à de bons enseignants
bonne source d'inspiration

優雅

第一次項社長帶著創辦人Terry Laughlin
進入中天攝影棚
錄陳浩先生主持的「中天書坊」

記得第一句説服主持人的用字是
Graceful

如何能游得像魚一樣的優雅自在
這是魚式游泳的魅力

過去我們的游泳
是人類的掙扎式游泳
人跳入水中
當呼吸無法控制自如時
通常是
緊張
手足無措
嗆水
然後
對游泳失去興趣
因為掌握不了呼吸
掌握不了水

當你可以掌握呼吸
又能適水時
你就能如魚得水

Gracieux

le premier fois avec Terry Laughlin, fondateur de
   "Total Immersion"
on entrait le studio de CtiTV
programme d'enregistrement "Librairie de CtiTV"
que M. Chen Hao a présidé

je me souviens que le mot premier était
   "gracieux" pour convaincre l'hôte

comment on peut nager comme un poisson
confortablement et gracieux
ceci est le type de charme de
"la natation de méthode de poisson"

dans le passé, nous nagions
la natation était une formule de lutte humaine
les gens ont sauté dans l'eau
lorsque la respiration ne pouvait pas être
 facilement contrôlée
habituellement
nerveux
sans espoir
étouffé par l'eau
et puis
perdaient d'intérêt pour la natation
parce qu'ils ne pouvaient pas saisir la respiration
ne pouvaient pas saisir l'eau

lorsque vous pouvez saisir la respiration
et pouvez également s'adapter à l'eau
et alors comme un poisson

他雄勃的身軀　像羅丹的雕塑
有力　有美

son corps majestueux
comme sculpture de Rodin
qui était plein de pouvoir　très beau

休息

經常在水裡
看到不從容的泳姿
手大力划水
腳用力打水
呼吸不順暢

然後
游完50公尺
累個半死
喘息好久
非得岸邊休息多時
等平順氣息後
再次入水

我
自從學會魚式游泳後
真正開始享受游泳
時間不是問題
體力不是問題
因為呼吸沒有問題

在水裡
可以邊游邊休息
愛游多久就多久
可以在水裡水面打盹
可以在水裡作瑜珈
還可以水上冥想

還有寫詩

Reposer

souvent dans l'eau
voyais les mauvais nageurs
main très dur
pied très dur aussi
la respiration n'est pas lisse

puis
après nageaient 50 mètres
fatiguaient à mort
répit pour une longue période
doivent reposer pendant une longue période sur la côte
après une bonne respiration
dans l'eau à nouveau

j'ai
depuis l'apprentissage de "la natation de méthode
   de poisson"
vraiment commencé à profiter de la baignade
le temps n'est pas un problème
la force physique ne pose aucun problème
parce qu'il n'y a pas de problèmes de respiration

dans l'eau
je peux nager et reposer
tant que j'aime nager
je peux faire une sieste dans l'eau ou sur la surface
   de l'eau
je peux faire yoga dans l'eau
et je peux aussi méditer sur la surface de l'eau

et écrire de la poésie

游與遊

水中之趣
惟有能游者可享

一開始
游泳是機械訓練
按摩臟腑
為身體健康運動

水中規律的動作
與頻率
與數字為伍
腦中會算划水數
會算拍子
像鋼琴的節拍器
123滴
123答
123滴
123答

節拍會請你三拍換氣
一邊左
一邊右
雙邊平衡

很多人
單邊四拍換氣

Nager et jouer

l'intérêt dans l'eau
seuls ceux qui savent nager

au début
la natation est une formation mécanique
organes de massage
le mouvement pour la santé

l'action régulier dans l'eau
et la fréquence
associant avec nombre
le cerveau va calculer le nombre de coups de
  natation
battre sera compté
comme le piano métronome
123 di
123 da
123 di
123 da

métronome s'il vous plaît trois battre la ventilation
à gauche
et à droite
balance bilatérale

beaucoup de monde
unilatérale ventilation à quatre temps

換氣的那邊
肌肉的使用較頻繁
就像我們常使用右手的人
右邊的手肘會比左邊稍粗

因此
建議單數換氣
3拍或5拍

我的吐氣比較長
可以5拍換氣
均勻順暢
在水裡逛遊
手腳游
腦子遊

游與遊
都是好朋友

ce côté de ventilation

les muscles étaient utilisé plus fréquemment

tout comme l'homme qui utilisaient souvent de
   coude droit

le coude droit sera plus épaisse que la gauche

donc

recommandation ventilation singulière

3 ou 5 temps

j'exhalais plus longue

5 temps ventilation

équilibré et lisse

voyagais dans l'eau

mains et pieds nageaient

cerveau jouait

nager et jouer

les bons amis

瞬間與永恆

水裡面的每個動作
都可分解
也可重複
沒有難度

呼吸可以快
也可以慢

但是
吐氣一定要吐到底
吐氣要比吸氣時間長
若能掌握此要訣
任何一種運動
都不會喘

掌握這些瞬間
瞬間的累積
就會比瞬間更長
接近永恆

永恆是什麼

就是享受
享受時間的一分一秒
也忘記那一分一秒

Moment et éternité

chaque mouvement dans l'eau
peut se décomposer
peut être répété
aucune difficulté

je peux respirer rapidement
ou doucement

cependant
la respiration dehors doit être terminée
la respiration dehors plus longtemps que la
  respiration dedans
si vous pouvez maîtriser ces conseils
tout type de mouvement
non haleter

maîtriser le moment
instant cumulatif
il sera plus long que le moment
près de l'éternel

qu'est ce que l'éternité est

il est de profiter de
profiter d'une minute et une seconde
ou oublier le temps

燦爛

水與光
是好朋友
彼此跳舞

水與天
是好朋友
彼此語言

水與光與天
像家人
彼此照拂
互暖

我喜歡在
有陽光的藍天裡
下水游泳

泳池的名字
叫做　燦爛

燦爛 Brillant

Brillant

l'eau et la lumière
les bons amis
dansaient l'un à l'autre

l'eau et le ciel
les bons amis
parlaient l'un à l'autre

eau et lumière et ciel
comme les familles
qui prenaient soin les uns des autres
chaude mutuelle

j'aime
dans le ciel ensoleillé
nager

nom de la piscine
il était appelé brillant

方向

在政大泳池
有一個好處
水道有一條筆直的線
不會跑錯水道
一來一往
一去一回

仰式時
望向游泳館（Swimming Hall）的天花板
也有鋼架
一條一條
整齊排列

總能找到
一條眼睛所及的線
帶領你
不會跑錯方向
且安穩地
抵達終點

Direction

dans la piscine de Chengchi Université
il y a un avantage
voie de l'eau a une ligne droite
je ne dirigais pas la mauvaise voie
aller et retour
allé et venu

lorsque dos crawlé
regardais à la piscine plafonds
il y a aussi l'acier
un par un
soigneusement disposées

toujours trouvais
une ligne que les yeux pouvaient voir
vous conduisait
ne pas courir dans la mauvaise direction
et fixer en
atteindre la fin

水與光　是好朋友　彼此跳舞
水與天　是好朋友　彼此語言

l'eau et la lumière　les bons amis　dansaient l'un à l'autre
l'eau et le ciel　les bons amis　parlaient l'un à l'autre

藍

除了黑之外
我愛藍

藍天
藍水

為什麼天空是藍色的
不是綠色的

我曾經仰望著天
問著

如果天空是綠色的
會如何
會心情不好嗎
但是天空是藍色的
心情一定會好

水是綠色的
可以嗎

可以

水是藍色的
或是綠色的
我都喜歡

但水藍色的
一定好

藍 Bleu

Bleu

en plus du noir
j'aime bleu

le ciel bleu
l'eau bleu

pourquoi le ciel est bleu
pas verte

j'ai regardé vers le ciel
et ai demandé

si le ciel est verte
comment
est-ce que j'ai mauvaise humeur
mais le ciel est bleu
humeur va aller mieux

l'eau est verte
êtes-vous d'accord

d'accord

l'eau est bleu
ou verte
je les aime

cependant, le bleu
doit être bon

年輕

肌膚可以看出年齡

隔壁水道的老外
我猜是45歲
手上腳上都有金色的毛

皮膚白白的
肚子有一點凸
肌肉還算結實

已婚
牡羊座

為什麼不是雙魚座

有可能

此時，一位俏麗女子下水
皮膚黝黑像印度娃
有點壯
肌肉很結實
我猜28歲
研究生
肢體的俐落
像射手座
腿部肌肉粗壯

Jeune

l'âge peut être vu dans la peau

le étranger près de la voie
je suppose qui était 45 ans
ses mains et pieds avaient des cheveux d'or

peau blanche
ventre un peu convexe
muscles assez forts

marié
bélier

pourquoi pas poissons

probable

en ce moment, une jolie femme entrait
  dans l'eau
peau noir comme l'Inde
un peu fort
les muscles étaient forts
je suppose qui était 28 ans
diplômé
limb soignée
comme sagittaire
les muscles des jambes étaient forts

有韌度像馬

馳騁

水下矯健如馬
不像小魚
也不像大鯨

ténacité comme un cheval

galop

vigoureuse tels que les chevaux
contrairement aux poissons
contrairement aux baleines

青春

運動使人年輕
游泳
或登山

青
麗也
春
一切如新

我聞到青春的氣息
像苗初露
我看到青春的顏色
像杜鵑花開

我親吻青春
她　躲開
羞赧
又迎上

Jeunesse

le sport rend les gens jeunes
natation
ou alpinisme

vert
beau
printemps
tout comme neuf

je sens jeune
comme les semis émergents
j'ai vu la couleur de la jeunesse
comme fleur de rhododendron

je baise la jeunesse
elle plongeait
timide
et montait

想像

我是一條魚
逛街
購物
買泳裝
選泳鏡

挑一條進口的日式毛巾
大浴巾

上岸時
圍起三點
露出香肩與尾巴

下水時
可以洶湧
可以淺酌

然後遇上白馬王子
他第一句會說：
déjà vu

Imaginer

j'étais un poisson
achats
achetais quelque chose
achetais maillots de bain
choisissais des lunettes

choisissais une serviette importée de style japonais
une grande serviette de bain

à terre
une serviette autour du corps
épaules et queue étaient exposées

entrais dans l'eau
pouvais turbulent
pouvais boire un peu

puis rencontrais le prince charmant
la première phrase, il disait:
déjà vu

超越

原來
我只能游自由式
仰式
及蛙式

後來
學會蝶式

原來
我自由式
只能單邊四拍換氣

後來
學會三拍兩邊換氣
左與右

原來
我並不喜歡游泳

後來
愛上游泳

Transcender

initialement
je ne peux gue nager en freestyle
dos crawlé
et brasse

plus tard
j'ai appris papillon

initialement
je nageais freestyle
seuls quatre battements de ventilation
 unilatérale

plus tard
j'ai appris à respirer des deux côtés des trois temps
gauche et droite

initialement
je n'aime pas nager

plus tard
tombais en amour natation

原來
我並不喜歡游泳

後來
愛上游泳

initialement
je n'aime pas nager

plus tard
tombais en amour natation

聲音

水的聲音
潺潺

風的聲音
在微笑

游泳的聲音
是呼吸

123
456

六拍自由式
換
六拍仰式

拉直的手臂
聽見伸展的窸窣

水道來回
身體像行舟
筆直前進

也像潛水艇
加速
我聽見水的笑聲
像孩童的玩耍

Son

le bruit de l'eau
murmure

le son du vent
souriant

le son de la natation
respiration

123
456

six temps freestyle
changaient
six temps dos crawlé

redressais bras
entendais le bruissement prolongé

allais et revenais au voie de l'eau
corps comme bateau de marche
avant droite

comme sous-marin
accélérais
j'entendais le rire de l'eau
comme un jeu d'enfant

距離

50公尺
與500公尺
對我沒有不同

在水裡
可以變換各種泳姿

呼吸的訓練
如魚得水

有人對距離畏懼
能游完25公尺
就是最大的極限

對有些人
沒能掌握水中呼吸
25公尺的意義
若為考試
那肯定是痛苦的

我認為任何運動
呼吸是關鍵
氣息的流暢
可以帶動四肢運行

氣息流暢

Distance

50 m
et 500 m
c'était la même chose pour moi

dans l'eau
je pouvais transformer différentes styles de natation

exercice de respiration
comme un poisson

quelqu'un avait peur de la distance
ne nagait pas 25 mètres
qu'il était à la limite maximale

pour certaines personnes,
ils ne pouvaient pas maîtriser le souffle dan l'eau
25 mètres de sens
si pour l'examen
il doit être douloureux

je crois que tous les sports
la respiration est la clé
respirant lisse
conduire les membres en allant

respirant lisse

可以享受距離
可以縮減距離
也可以忘記距離

距離不應該是痛苦

距離 Distance

profitez d'une distance

la distance peut être réduite

vous pouvez également oublier la distance

distance ne devrait pas être douloureux

美

那年到新加坡
Tang帶我們去遊艇俱樂部
圓弧型的游泳池
我見到李教練訓練一家人
母女仨

她們正游著魚式游泳
動作整齊劃一
真是好看
像北一女儀隊

有一年
Terry來台灣住圓山
項社長邀請Tang一起
方正標準的50公尺泳池
我見到
三位男士齊游自由式
真是壯觀
標準的三角手肘
像三條鯊魚挺進

美
看見力
力
看見美

Beau

cette année-là à Singapour
M. Tang nous avait emmenés au club yacht
arc-en forme de piscine
je l'avais vu l'entraîneur Lee former une famille à
  nager
mère et filles trois personnes

elles nageaient comme poissons
mouvement uniforme
vraiment sympa
comme spectacle de performance

un an
M. Terry était venu à Taiwan se reposer dans
  Grand Hôtel
Dr. kn Shuang avait invité Tang ensemble
la piscine de 50 mètres standard
j'avais vu
trois hommes qui nageaient freestyle
vraiment spectaculaire
coude triangulaire standard
comme trois requins en allant

dans les beaux
je voyais l'énergie
dans les puissances
je voyais les beaux

戀

魚與水
交歡

用鰓呼吸

當肺變成鰓
當人變成魚

規律的動作
變成舞蹈

水中能舞
水中能瑜伽

泳成為禪
泳成為藝
戀是泳的嗎啡

Amour

le poisson et l'eau
rapportaient

respirait avec des ouïes

lorsque les poumons devenaient ouïes
quand les gens devenaient des poissons

actions régulières
devenaient une danse

je pouvais danser dans l'eau
je pouvais faire yoga dans l'eau

natation est devenu Zen
natation est devenu art
l'amour est la morphine de natation

女子

我喜歡看健美的身軀
在水裡自在的舞動

有一回
在師大泳池
見一位外籍研究生
周六同一時間出現
下午一點

她
善蝶泳
可水花太多
動作激越
像水蛇蜿蜒
揚長而去

大片泡泡
遮住我的視線
但見她
在彼岸喘息許久

她的蝶
與我的蝶
真是不同

Femme

j'aimais regarder corps musclé
qui dansait confortable dans l'eau

une fois
dans la piscine de Normale Université
voyais une étudiante diplômée étrangère
samedi à la fois apparaître
à une heure de l'après-midi

elle
bon papillon
mais aérosol trop
agitation de l'action
comme les serpents sinueux
sped loin

des grandes bulles
couvraient mes yeux
mais la voyais
d'un autre côté, pour une longue durée de
  respiration sifflante

son papillon
avec mon papillon
était vraiment différent

魚與水　交歡
用鰓呼吸

le poisson et l'eau
rapportaient

respirait avec des ouïes

男子

今天又遇上
金髮男子
也是周六出現
但他是上午11點

他
善游自由式
愛穿橘色泳褲
在水中
特別吸睛

他划水快
很自由
喜歡超車
動作也規律
二拍右邊換氣
頭特別上揚

我在隔壁水道
遠眺
他在彼岸候著
見我蝶泳奔來
好奇觀望

我再游一趟回頭
他　不見了
不在水道上
也不再池裡

Homme

aujourd'hui, j'ai rencontré
un homme blond
samedi apparait également
mais il était à 11:00

il
était bon en nageant freestyle
le port de troncs d'orange
dans l'eau
particulièrement convaincant

il a frappé l'eau rapidement
très libre
aimait dépasser
l'action était également très régulière
deux battements sur la droite ventilation
tête était particulièrement élevée

j'étais à mon voie d'eau près de lui
voyais de loin
il attendait de l'autre côté
je suis venu courir avec papillon
il m'attendait et me voyait curieux

je nageais à nouveau et regardais en arrière
il était parti
pas sur les voies
il n'était plus dans la piscine

靜謐

我特別喜歡
一個人
游一條水道
沒有其他泳者

我可以恣意伸展
蛙泳

我的蛙
是蛙腿蝶身
我喜歡蝶的律動

腰部幾次的折疊
在水中輕慢的擺動
像波

安靜的氣泡
一粒粒
畫出一條裙帶

轉身
我仰泳而回
雙手往頭頂前延伸合掌
就是一個瑜伽的樹型

靜靜的
我躺睡了一分鐘
像嬰兒在搖籃裡

Calme

j'aime particulièrement
toute seule
nager dans un cours d'eau
aucun autre nageur

je pouvais déréglée étirer
brasse

ma brasse
comme cuisses de grenouilles et corps de papillon
j'aime le rythme du papillon

pliais les taille à plusieurs reprises
le corps balancait doucement dans l'eau
comme une vague

des bulles tranquilles
une et une
dessinaient une bande

j'ai tourné
nageais dos crawlé et revenais
extension de mains à ma tête en prière
qui était le yoga comme un arbre

tranquillement
je me couchais pour dormir pendant une minute
comme un bébé dans le berceau

泳裝

去 SOGO
買泳裝
挑選了黑色的
比基尼
當時 56 公斤
腰身還行

游了十年
換了好幾套

粉紅色的
水藍色的
玫瑰色的
淺綠色的

最愛的還是
最早的那一套
黑色的
比基尼
可已經買不到了

材質貼身
滑潤
時尚款
那是我買過
最貴的一套
台幣 9800 元

Maillot de bain

pour SOGO
achetais maillots de bain
choisissais noir
bikini
en ce moment-là, 56 kg
la taille semblait bonne

nagais pendant dix ans
j'ai changé plusieurs maillots de bain

rose
bleu
orange
vert clair

favori que
la première série
noir
bikini
je ne pouvais plus acheter un même

bonne qualité
lisse
mode
voilà ce que je l'ai acheté
le plus cher
NT 9800

泳鏡

我不太會選
泳鏡

但喜歡買來送人
黑色的居多

特別喜歡
麥可・費爾普斯
奧運拿八金
戴的那款
黑色
有返光鏡的

在水中
炫亮
很迷人

看不到鏡裡的
眼睛

Lunettes protectrices

J'ai choisi pas bien
lunettes protectrices

mais j'aime l'acheter comme un cadeau
majorité noire

je préfere ce style
que Michael Phelps avait remporté huit médailles
　d'or aux jeux olympiques
était habillé
noir
réfraction de la lumière

dans l'eau
brillant
très charmant

je ne voyais pas les yeux
dans la lunette

泳帽

我買過
水藍色的
黑色的
粉紅色的
泳帽

與泳裝
搭配

與泳鏡
搭配

材質細軟
套頭方便
長髮塞入
後腦如高高的
髻

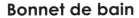

Bonnet de bain

je l'ai acheté
bleu
noir
rose
bonnet de bain

avec maillots de bain
portrait ensemble

avec des lunettes
portrait ensemble

bonne qualité
confortable
mettais cheveux longs dedans
derrière la tête haute
comme un pain

毛巾

我很在乎
毛巾
我不喜歡廉價的

毛巾像男朋友
要有安全感

貼身
該出現的時候
出現

Serviette

je me souciais des
serviettes
je n'aimais pas bon marché
serviette comme petit ami
je me sentais en sécurité

proche
il était apparu
quand il devrait être apparu

在水中　炫亮　很迷人
看不到鏡裡的　眼睛

dans l'eau　brillant
très charmant

je ne voyais pas les yeux
dans la lunette

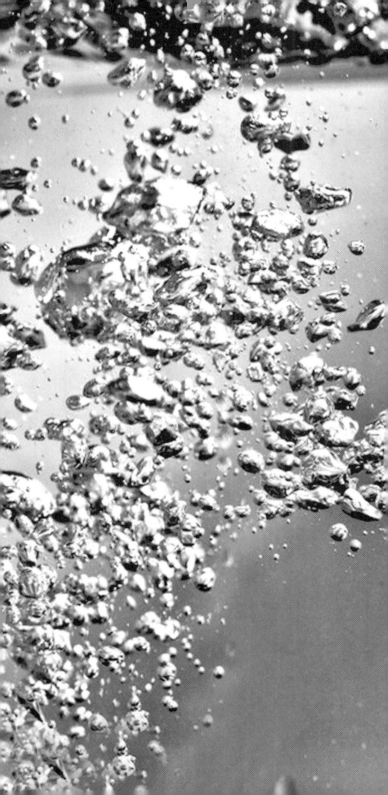

沖澡

妳可能沒有聽過
清掃泳池浴室的
清潔阿姨
拉開嗓門
哼唱沒聽過的曲

昨天
因為是大寒
水裡溫度比
岸上溫度高
我一上岸
快步走入沖洗間

忽聞一曲
並不悅耳

我安靜的聆聽
一待她曲罷

我立刻接上
熟悉的
徐志摩的
《海韻》一曲

「女郎，膽大的女郎！
那天邊扯起了黑幕，
這頃刻間有惡風波──
女郎，回家吧，女郎！」

沖澡 Douche

Douche

vous n'aviez peut-être pas entendu
la nettoyeuse femme chantait bruyamment
dans la salle de lavage
à la piscine
cette chanson que je n'avais pas entendu

hier
parce qu'il était très froid
température de l'eau
était plus haute que à terre
j'étais hors de la piscine
et entrais dans la salle de lavage

soudain, j'ai endendu une chanson
désagréable

je l'écoutais tranquillement
ella a fini

je m'étais immédiatement connecté
familier
Xu Zhimo parolier
chanson "le bruit de la mer"

" fille, fille courageux!
    le ciel tirait le rideau noir,
    soudain il y avait du mauvais vent et vague ——
    fille, va à la maison, ma fille! "

141

更衣室

我喜歡
巴黎泳池的更衣室
置物櫃是有密碼的

台北師大的更衣室
置物櫃是要投幣的

政大一開始
也是投幣
後來就是免費的
只需於入口處
憑證件更換鑰匙

有一回
有一位母親帶著小男孩
進入女士的更衣室

我看見
有幾位陌生的女子
全身裸露
自如更換上衣
內衣及內褲

小男孩
目不暇給
這樣可好

Vestiaire

j'aime
la piscine vestiaire de Paris
le casier avait un mot de passe

le casier de Taipei Normal Université
qui était tenu de payer la pièce

Chengchi Université au début
le casier était tenu de payer la pièce également
ensuite, qui était libre
juste à l'entrée
fournissaient l'ID pour remplacer la clé

une fois
une mère avec un petit garçon
entraient dans le vestiaire femme

j'ai vu
plusieurs étranges femmes
corps nu
remplacaient sommets librement
sous-vêtements et dessous

le petit garçon
ne cessait de les regarder
est-ce correct

四十歲

回頭望
三十九還是年輕
四十歲也不算老

很幸運
在四十歲那年
邂逅魚式游泳

從陌生
認識
到
愛上
也算是一種
特殊的戀

她
可以成為
一生的益友
相伴而行
不會寂寞

Quarante ans

en regardant en arrière
trente-neuf ans est encore jeune
quarante ans est pas trop vieux

heureusement
à l'âge de quarante ans
j'ai rencontré "la natation de méthode de poisson"

de l'étrange
comprenais
jusqu'à
tombais amoureux
il pouvait être considéré comme un
amour special

elle
pouvait devenir
une meilleure amie dans votre vie
accompagnait en allant
vous ne serez pas seul

五十歲

今年
我五十歲
數字是老
知命之年
很難迴避

可
五十歲的
天真
與
認真
還是可貴的

我認識的50
與父母的50
很不同

與同學們的50
更不同

我很開心
跟大家分享：
我單身
今年50歲。

魚終究獨自優游

Cinquante ans

cette année,
j'ai cinquante ans
numérique vieux
j'ai connu le destin
difficile à éviter

mais
l'innocence et
la gravité de l'enfant
de cinquante ans
qui sont toujours précieux

je sais que 50
avec les parents 50
est très différent

avec camarades 50
est plus différent

je suis très heureux
pour partager avec vous:
je suis célibataire
cinquante ans cette année

après tout, le poisson nage seul gracieux

魚終究獨自優游

après tout, le poisson nage seul gracieux

後記

　　2007年3月27日《輕鬆有效的魚式游泳》登台，首度在台新書發表，聯合報社長項國寧特別邀請本書的作者，也是魚式游泳的創辦人Terry Laughlin自紐約來台，聯經舉辦新書發表會。項社長除了是《輕鬆有效的魚式游泳》的譯者，更是「魚式游泳」引進台灣的重要推手。

　　時間過得真快，今年2017年，正好是魚式游泳登台的十週年，除了祝賀《輕鬆有效的魚式游泳》已刷19次，持續再版，銷售創新高，更祝願「魚式游泳」在台的各項業務課程可以更順利推展，在華人世界開花結果。

　　對於文史哲出版見長的聯經，要出版挑戰一本游泳書，當時，是艱難的。因為推廣上，要花很多心力，還好有項社長的熱情與全力支持，義務到處演講，還有媒體的資源，使得「魚式游泳」帶來的觀念革新，獲得了很大的共鳴。

　　我很榮幸參與了《輕鬆有效的魚式游泳》這本書的行銷工作，更見證了，有志者，事竟成。

　　恭喜！

　　有「魚式游泳」，是人類之福。認識「魚式游泳」，是你我之福。

Post-scriptum

27 mars 2007, "la natation de méthode de poisson" entrait à Taiwna. Dr. kn Shuang, président de United Daily News a invité Terry Laughlin, fondateur de "Total Immersion" à Taiwna pour une présentation du nouveau livre que Linking Publishing Co., Ltd a tenu. En plus d'être un traducteur de "la natation de méthode de poisson." Dr. kn Shuang est un promoteur important de l'introduction du livre à Taiwan.

Le temps passe, l'année 2017 "la natation de méthode de poisson" est entré le dixième anniversaire de Taiwan, en plus de féliciter "la natation de méthode de poisson" réimpression 19 fois, a continué à publier, best-seller, mais prier "la natation de méthode de poisson" de réussir dans le développement des affaires et des programmes à Taiwan, et fleurit dans le monde chinois.

Linking Publishing Co., Ltd. qui est bon à éditer des livres littéraires, historiques, philosophiques a contesté et publié un livre sur la natation. En ce moment-là, c'était difficile. Heureusement, Dr. kn Shuang, son enthousiasme et son soutien, et son obligation de parler partout et disposer des resources médiatiques, rendant ce livre apportant

le concept du l'innovation qui a obtenu une grand résonance. Je suis honoré de participer aux travaux de marketing ce livre "la natation de méthode de poisson", mais aussi j'ai assisté, "où il y a une volonté."

Félicitations!

Il y a "la natation de méthode de poisson" qui est le bien-être humain. Et comprenez "la natation de méthode de poisson" qui est notre bien-être.

關於作者

陳秋玲，1967年出生於台北，1992年中國文化大學中文系文藝創作組第一名畢業，1992年任中國文化大學中文系文藝創作組助教。1993年赴法，於巴黎第七大學中文系研習。1994-2009年任聯合報系聯經出版公司業務主管、編輯、及行銷企劃主管。2009年任華品文創出版公司總編輯及版權行銷總監至今，歷經二十三年的出版經驗。業餘時從事法語教學及翻譯。法文譯著目前有十五本：《石頭預言》（聯經2004）、〈音樂魔法世界〉系列一套十冊（音樂向上2005）、〈生態大發現〉系列三冊（鄉宇文化2005）、《照亮心世界》（聯經2006）。

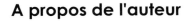

A propos de l'auteur

Chiou Ling ,Vivi Chen, né en 1967 à Taipei , diplômée de l'Université de la Culture Chinoise, département Littérature Chinois, Création Littéraire, première graduation en 1992. Même temps, elle a servi comme assistant universitaire. 1993 en France, étudiant à l'Université de Paris VII département. Elle a servi comme directeur de l'entreprise, éditer, et directeur de la planification du marketing à Linking Publishing Co., Ltd en 1994-2009. Depuis 2009, elle est éditeur en chef et directeur du droit d'auteur à Chinese Creation Publishing Co., Ltd. Elle a 23 ans d'expérience dans l' édition. Temp libre, elle a enseigné et apprendre le français, et traduit en français. Elle a traduit 15 livres "La Prophétie des Pierres" par Flavia Bujor, "En route pour les étoiles" "Claire Delune, une maîtresse extraordinaire" "Le petit garcon qui mordait les chiens" "L'arbre qui pleure" "Une Nuit Bizarre, Bizarre" "Pierre et La Pluie Magique" "Le mystère de l'homme gorille" "Maman a engagé une Sorciére" "Panique chez Les Sorciéres""Le vieil homme qui faisait danser les saisons" 10 titres par Marlène Jobert, "La Vie à Petits Pas" par Jean-Benoît Durand, "Le Sel à Petits Pas" par Nathalie Tordjman, "L'énergie à Petits Pas" par François Michel, et "La Petite Cartreuse" par Pierre Péju.

於是,游泳 : 全球第一本游泳詩集 / 陳秋玲(ViviChen)著. ──
──初版. ── 臺北市 : 華品文創, 2017.03
160 面 ; 11.4(寬)×21.7(高)公分
中法雙語版
ISBN 978-986-93817-9-6(平裝)

851.486   106002071

華品文創出版股份有限公司
Chinese Creation Publishing Co.,Ltd.

《於是，游泳》
Donc, nager comme un poissin

全球第一本游泳詩集(中法雙語版)
La première collection de poèmes de la natation du monde
(Chinois et français bilingues)

作　　者：陳秋玲(Vivi Chen)

總 經 理：王承惠

總 編 輯：陳秋玲

財 務 長：江美慧

印務統籌：張傳財

美術設計：vision 視覺藝術工作室

出 版 者：華品文創出版股份有限公司

　　　　　地址：100台北市中正區重慶南路一段57號13樓之1

　　　　　讀者服務專線：(02)2331-7103　(02)2331-8030

　　　　　讀者服務傳真：(02)2331-6735

　　　　　E-mail：service.ccpc@msa.hinet.net

　　　　　部落格：http://blog.udn.com/CCPC

總 經 銷：大和書報圖書股份有限公司

　　　　　地址：242新北市新莊區五工五路2號

　　　　　電話：(02)8990-2588

　　　　　傳真：(02)2299-7900

　　　　　網址：http://www.dai-ho.com.tw/

印　　刷：卡樂彩色製版印刷有限公司

初版一刷：2017年3月

初版二刷：2017年3月

定價：平裝新台幣350元

ISBN：978-986-93817-9-6

版權所有　翻印必究

Copyright ©2017 by Vivi Chen
Published by Chinese Creation Publishing Co., Ltd.
All Rights Reserved
Printed in Taiwan

(若有缺頁或破損，請寄回更換)